KB103711

시가 흐르는 학교 001
여름이 기차 안으로 스며들 때,
강원애니고 합동 시집

여름이 기차 안으로 스며들 때,

발 행 | 2023년 7월 7일
저 자 | 강원애니고 학생들
펴낸이 | 한건희
펴낸곳 | 주식회사 부크크
출판사등록 | 2014.07.15.(제2014-16호)
주 소 | 서울특별시 금천구 가산디지털1로 119 SK트윈타워 A동 305호
전 화 | 1670-8316
이메일 | info@bookk.co.kr

ISBN | 979-11-410-3429-0

시인의 말

계절의 순환 속에서 우리는 함께 걸었고
가장 아름다운 순간들을 만났다

2023년 여름,

여름이 기차 안으로 스며들 때,

차례

시인의 말

1부

그때 당신이 짚었던 별은

시 쓰는 교실

김병현

우리들은 강가에서
말을 줍는다

물결에 숨어도
반드럽게 빛나는

작은 것들 골라
공기놀이 하고
납작한 것들은
물수제비 던지고

단단한 말들은
징검다리로 한다

누구나 자기 말을
가지고 있어
아무도 넘어지지 않았다

황홀은
손바닥 깊이 감추어도
새어 나왔고

몰두하는 강변에
스미는 여름

모두 강을 건넜다

오늘의 날씨는

3:15

오늘 진짜 좋은 날씨
오늘 진짜 좋은 친구들과

#초여름 #점심산책

나는 우리의 추억을 찍어
주머니에 넣었다

서로의 얼굴을 보며
짓는 웃음이
푸른 맛을 내며
입안에서 톡톡 터졌고

흘러가는 시간 속
끝나지 않길 바라는 마음은
훑고 지나가는
풀잎에 묻었다

그 맑은 날엔 우리가 있었길

저 멀리서
예비종이 울린다

기숙사

유경

창 너머에는
초여름의 햇살이 지나간 흔적
따스함이 내려앉았고

먼저 방에 와 있는 룸메이트들

날 반기는 너희한테
피곤함이 숨을 시도조차 하지 않고 드러난다

물론 나도 마찬가지다

그래도 기운 내자

과제를 하든 게임을 하든
우리들의 밤은
이제 시작이잖아?

그늘 아래 해바라기

미파

일주일의 해
동쪽에 떠 있는 날

마른하늘 약한 바람에
나뭇잎의 이슬
툭
한 방울 떨어지네
투두둑
소리 내어 떨어지네

떨어진 물방울에
땅속 깊은 검은 뿌리 깨어난다
물에 젖은 종이처럼 흐물흐물

해바라기는 생각한다
곧 꽃을 피울 시기
힘없어도 될까
햇빛 많이 받아야 하지만
그늘 아래 있네
바람은 나 때문에
얼마나 당황했을까

새싹 때는 힘찼는데
점점 약해져가네

물방울 하나에
고개 더욱 내려가고
나뭇잎 떨어뜨리며
점점 시들어간다

새 이웃

초롬

오늘, 누군가 우리의 이웃이 되어주었다

작년 봄 우리 집 우편함에는 새 이웃이 살았다
이웃은 마치 그곳이 좋다는 듯 자리 잡았고
우리는 어쩔 수 없이 그 자리를 내어주었다

여름 새 이웃에게는 아이가 있었다
아이는 작은 입으로 노래하며 부모를 기다렸고
언제나 보송보송하고 부드러운 몸으로 웅크렸다

가을 많은 아이들처럼, 그 아이도 눈 깜짝할 새에
무럭무럭 자라 금방 하늘을 따를 수 있게 되었다

겨울 여느 이별처럼 그들도 머지않아 우리 곁을
떠났다

내가 서서히 잊어가고 있을 무렵

다시, 누군가 우리의 이웃이 되어주었다
역시 이곳이라며 같은 순간, 같은 곳에 둥지를 만
들었다

작년처럼 예고도 없이 이웃은 그 자리에 있었고
우리는 이제 온전히 내어주기로 했다

새 이웃은 매년 봄마다 찾아오는 특별함이 되었
다

꿈

길

몸이 붕 뜨고
세상은 더욱 빠르게 자전한다
빙빙 도는 미로의 도시

내가 어디에 서 있는지 모르고—공허
심지어 서 있는지조차 모른다

돌멩이가 짝을 지어 춤을 추고
도로는 세레나데를 부른다

내가 누구인지
무엇을 하는지
누구를 위하는지

그런 개념이 존재하기 전인 듯
누구도 신경 쓰지 않는
아무도 모르는
공허한 세계

우리가 매일 밤 유영하는
끝없는 세계

그 끝엔 사랑도 없고
죽음도 없고
결말도 없는 이야기

나비가 날아오르는 순간

늘봄

애벌레에게는 동생이 있었다
그는 이 세상에서 살아남기에 너무나 순수하고
유약했다
천적에게도 친구하자며 다가가는 마음씨란
애벌레는 동생을 지켜주고자 마음먹었다

형제를 통해 세상을 살아가는 법을 배우던 작은
애벌레는
자신의 눈으로 세상을 보게 되었으며
자신의 손으로 먹이를 구하게 되었다

형제보다도 몸집이 커진 작은 애벌레는
그보다 먼저 변태를 했다

애벌레는 번데기 동생 곁에서
기다리고, 또 기다렸다

마침내
작은 애벌레가 껍질을 뚫고 나오기 시작했다
날개를 옥죄던 껍질이 떨어져 나가자
그의 두 날개가 아름답게 펼쳐졌다
아아, 황홀한 비상의 날갯짓이여!

노래

청화

토독토독
멀리서 들려오는 빗소리가
토독토독

하늘은 회색빛 물감으로
칠해지고

바닥에는 유리처럼
투명한 물웅덩이 가득했다

그곳으로 걸어가면
들려오는 작은 노랫소리
톡톡 톡톡

노래가 들리는 곳으로
한 발짝 한 발짝
조심히 걸어가보니

너였구나!
소심하지만 아름다운
노랫소리를 가진

금성

서리

그날 함께 올려다보았던
별자리를 찾으려
고개를 듭니다

저 별은 북극성
저 별은 금성

그때 당신이 짚었던
별은 저 별이 맞는지

시원한 바람
물먹은 풀내음
조용하게 들리던 애정 어린 웃음소리는
기억을 더듬은
저 끝에나 있는데

그날의 별들만이
선명하게 내 곁에 남아서
속도 모르고 반짝입니다

당신도 내가 보고 있는

별을 보고 있을까요
그것들을 보며
그날을 떠올릴까요

혹여 아닐지라도
그 별들 밑 애정 어린 웃음소리는
여전하길

개구리의 도약

온새

그날, 늪에서 물장구치던
개구리의 눈에 비친 것은
나비가 뿌리는 아름다운 꽃가루

그 황홀경 아래,
감탄 뒤 밀려든 감정은
질투심과 암담함

개구리는 절망했다
늪에서 벗어나려고, 나비처럼 되려고
발버둥 치고 허우적거려도

꽃가루만큼 아름다운 것을
만들 수 없을 테니까
평생 나비를 넘어서지 못할 거니까

무기력의 늪에 빠진 개구리는
어느 순간 깨달았다

나비도 처음부터 나비인 적 없었다는 것을
한낱 애벌레였을 때가 있었다는 것을

나비를 뛰어넘지 못한다고 단정 지었던 건
늘 자기 자신

개구리의 도약이란

깨달음을 얻는 것,
자신감을 가지는 것,
그리고 앞으로 나아가는 것

토드닥닥 토드득닥닥

밤송이

애, 두 종자에서
여섯 형제로 나뉘인
나는

내 지반에 산소와
흐르는 물이 스미이는
순간에도
너보다

더 깊고
더 오래
자라날 것이니

네 손가락 마디보다
더 길게 뻗치어갈
내 줄기처럼,
너 또한 살아있으니

재된 사람에 메이기보다
우리의 기개를 본받아서라도

.

얘, 이제 더는
남은 사람에 대한 연민과
못다 한 말의 후회에
몸담지 말아줘

가시 돋친 과실

김지아

머릿속을 어지럽히는 시끄러운 환호성 속
잠시 눈 감을 시간이 필요했다
찰나, 우연한 발견으로
소란은 잠시 숨을 죽인다

어떤 이의 조용한 외침
붉은 군중의 즐거운 열기 속
홀로 파아란 외로움을 토하는 목소리

그것은 어쩌면 나를 괴롭히던 주위의 환호성보다
어지러웠고
머리를 터뜨리려는 듯 날카로운 비명을 질렀지만
어쩐지 지끈거리는 머리보다 아픈 마음을 달콤하
게 휩쓸어서
잠시 눈을 감고 소란 속에서 그 외침을 맛보았다

그 순간 나는

아름다운 붉은 보석 눈물을 흘리는 인어의 날카
로운 비명을
모두가 폭우에 몸이 젖은 날 유일하게 비에 녹아

들지 못한 사람을
파란 봄 속에 숨 쉬는 군중 사이에서 홀로 세월
을 맞은 노인을
쏟아지는 인파 속 나의 눈을 똑바로 바라보는 검
은 인간의 시선을

한꺼번에 삼켜버리고
그만 정신을 잃고 말았다

합동회의

지존물고기

이곳은 법원
학교 안 조그만 법원으로,
이번 주 예정 재판은 총 세 번입니다

화요일, 첫 재판
소거법으로 고른 죄인이 무죄판결을 받았다
모레 재판에서 다시 봅시다

수요일, 둘째 재판
개인 사정으로 불참입니다

목요일, 마지막 재판
너는 이래서 유죄
너는 저래서 유죄
첫째 재판관 주도로 진행된 판결
결과가 나왔으니 여러분도 보고 가세요

둘째 날 재판관의 재심 요구
지금부터 양측은 검사와 변호사
서로의 의견을 나눠주세요

금요일, 최종 재판
검사 측이 왱알왱알
변호 측이 왱알왱알
견고한 양측에
재판은 몇십 분 째 제자리걸음입니다

법정의 검사요 변호사인 나는
편들기엔 걸친 곳이 많다
고참인 검사 측?
동기인 변호 측?
어느 쪽이냐 하면 변호 측이지만,
일단 집에 보내주세요

불쾌한 적막의 연쇄 끝에 승기를 든 자
아무도 예상하지 못했던 자

재심은 더는 없습니다, 대법원장의 최종 판결
변호 측에서 자라는 혁명의 씨앗
다 크기 전에
어서 자리를 뜨는 것이 좋겠다

해, 너

이조차

화분 위로 비가 쏟아내린다
더 담아둘 곳도 없는데
차고 넘치도록 내린다

시간이 지나 해가 뜬다
축축한 흙 알갱이 위로 비친 빛줄기에
위를 올려다본다

네가 있다
해인 줄 알았는데
네가 있다

어쩌면 네가 나의 해일까
만난 적 없는 너지만
선명하고 따뜻한 빛에
그렇게 여긴다

비로소 물기가 마른다
적절히 스며들어
씨앗이 꿈틀거리도록 한다

씨앗이 발아한다
너를 계속해서 내리쬐니
곧 틔우고 자라나는 싹

자라나 꽃이 된다
너를 보아 흙 밖으로 몸을 일으킨 꽃은
계절이 지나도록 지지 않을 테지

잘 지내?

최다빈

다리를 다쳤는지
날 피해 도망가지 않는
새까맣고 아름다운 그녀

이곳은 전쟁터
어느새 포위된 우리

But
아직은 물러설 때가 아님
불러도 소용없지
하느님
부처님

그녀를 품에 안고
난 달리지
못 잡겠지
약 오르지
응징응징
Bad Magpies

그녀를 숨기고

난 눈물을 삼켜
잘 지내라는 한마디
우린 나눌 수 없지
넌 까치
난 천치

꽃들의 축제

사효섭

조금 뜨거운 태양
신선한 바람
그것은 여름이 왔다는 신호야

나무들의 노래에
새싹은 합창을 하고

운동장 꽃들도
바람에 몸을 맡기고 함께 춤을 추네

나무들의 노래는
꽃들에게 추억의 양분

우리가 꽃이 된다면 그땐 우리가
새싹에게 노래를 불러줄래

새싹이 계속해서
노래를 부른다면
꽃들의 축제는 끝나지 않겠지

나는 끝나지 않는 꽃들의 축제에
아직도 헤엄치고 있네

결과

조승현

결과라는 보물을 얻기 위해
끝없이 검은 바다를 항해한다

펜대를 잡아 노를 젓지만
불안감이 이불처럼 나를 덮는다

그날이 왔다

여러 목소리가 들리는
순백의 하얀 땅

잡힐 듯 신기루 같던 것이
나의 눈앞에 있다

커튼이 걷히고
하얀 땅을 바라본다

자유로운 갈대처럼
흔들리는 나의 손

백색의 대지에
나의 생각을 물들이다

소중함

온기

행복한 시간 안에서
함께한 다빈이와의 순간을
나는 기억한다

땀 냄새 나는 체육관
마주한 우리 둘
가득한 인파 속
경기는 시작되었다

우리는 경쟁을 했고
다섯 번 승패를 겨루었지만
이번에는 내가 승리
예상치 못한 일이었는데

그때
시간은 흘러가고 변하고 말거라는 생각이 문득
찾아왔다
몇 년, 아니 몇 개월만에도
이 순수한 행복을 잃어버릴 수 있다는 것을

입시의 그림자가 다가오면

이 행복이 저 멀리 떠날 것만 같다
지금의 평범한 일상이

치열한 경쟁과 압박의 그물에 휩싸여도
나는 또 다른 행복을 찾아낼 수 있을까
그 순간을 품은 나의 마음이
지금 움직이고 있다

승부에서 얻은 자신감으로
앞으로의 도전을 맞이하겠지만
이 시간을 잊지 않고
소중한 마음도 잃지 않도록

평범한 일상의 아름다움
love you 다빈

제과제빵 프랑켄슈타인

곰사냥꾼

친구들과 더욱 가까워지고 싶어
오랜만에 열을 올린 오븐

'오랜만'이 문제였던 걸까
분명 반죽까진 완벽했는데

초코칩은 다 녹아 흐물흐물
은은한 녹빛이어야할 녹차 쿠키는 누렇고
군데군데 검게 탄 자국마저 꼭 흉터 같아

그 모습은 프랑켄슈타인 박사의 괴물

내게 숨겨진 재능이 있었나
어쩐지 다른 것을 창조한 기분이다

… 그래도 만들었는데 뭐 어쩌겠어

아쉬움, 허망함, 어이없음
맛이라도 있으면 됐다는 자기합리화와 함께

내가 만든 작은 괴물을 비닐에 포장한다

2부

그렇게 아이의 세상은 넓어지고

집 나간 이들에게 ·

죠

새순이 돋아나기 시작할 때
우리 집에 느림보들이 찾아왔다
하나는 걸신들린 느림보,
하나는 무기력한 느림보

이미 집을 가지고 태어났음에도
우리 집에 들이닥쳐 더 큰 집을
달라고 하는 게 꽤나 괘씸했다

둘은 너무나 달랐다

하나는 집의 카펫까지 씹어 먹고도
또 밥을 찾아 기어다녔다
다른 하나는 세 입이면 바로 숟가락을
내려놓고 자기 방으로 들어갔다

하지만 이것은 같았다

채소를 좋아하는 것
찌르면 곧바로 얼굴을 숨기는 것
오래 목욕하면 꺼내 달라 보채는 것

미끌거리는 피부를 만지면
내 손을 가져가 주름진 입술을 오물거리며
작디작은 이빨로 간지럽히는 것

둘은 서로 떨어져 있는걸
죽을 만큼 싫어했다

난 그런 둘을
억지로 갈랐다

그런 내가 미워서일까?
둘은 차례로 짐을 쌌다

내가 한없이 미웠던 걸까?
둘은 우리집을 떠나
자기들 집으로 돌아갔다

달콤한 유혹

극야

꿈이란 무엇인가
누군가에게는 달콤하고
누군가에게는 씁쓸한 것

나에게 꿈은
빛이 들지 않는 골목길
뿌연 가로등은
망가져 버렸다

노력하면 알아보지 않을까,
괜찮지 않을까— 믿었지만
깨달은 건 밑 빠진 독에 물 붓기

꿈을 포기할 수 없다
불가능할지도 몰라 불안하지만
달콤해 보이는 꿈에 이끌린다
손을 대면 멀어져가는 절망

비가 내려 웅덩이가 커진다
모진 말로 상처가 늘어가는 마음처럼

비가 그치면
웅덩이가 땅으로 스며들듯
마음의 상처도 사라지겠지

불꽃

어두운 겨울 바다
우리는 그 한가운데
초라하게 서 있었다

우리만의 꽃을 피워내고자
씨앗을 바닥 깊숙이 심어보았다

꽃이 피기까지의
어둠처럼
이것도 꽃이라고
정말 많은 노력들을
담아내야 했다

마침내
두꺼운 줄기 끝
작은 꽃봉오리가 맺히더니
이내 하늘을 향해
피어올랐다

하늘에서 활짝 피어나는 꽃
수평선 위에 모든 것이

순간을 위한 하나의 정원 같았다

세상 어느 꽃보다
빨리 시들어버리지만
그가 남긴
사라지지 않는 여운

작은 씨앗은
세상에서 제일
화려한 꽃으로 피어나
어둠 속에 있던 우리를
빛나게 해주었다

그 순간만큼은 우리도
정원 한가운데 서 있었다

푸른 행성

최유나

화성행 버스에 올라타면
속은 느글느글 흔들흔들
도착한 도시 속 행성은

등나무꽃 대롱대롱
사람들을 바글바글 품고
산뜻한 바람으로 가득 차 있다

짙은 초록빛 따라
길을 걷다 보면
눈앞에 아른거리는 글들이
모두 사라지고
어느새 내 마음도
파란 바람으로 가득 찬다

도시로 가는 길
고운 색이 바래지 않길 빌며

빠르고 어두운 도시 속
느긋한 푸른 행성의 길을
나는 오래도록 걸었다

공포 게임

아무생

오랜만에 느껴보려는 공포 게임의 묘미
어둠이 내린 깊은 밤
누군가는 잠을 청할 때
또 누군가는 살얼음 길을 걷는다

미로 같은 방들 사이
곳곳에 있는 촛불들
어둠을 비추던 불길이
위태롭게 깜빡거릴 때
가슴은 지진처럼 흔들린다

다가오던 발소리
시간이 지나 들려오던 소리가 사라지면
촛불들도 금세 정신을 차린다

놀란 마음 가라앉히고
다시 주변을 어슬렁거린다

발견한 폭죽 하나
호기심에 터뜨려본다

'탁 타닥 타다닥'

소리가 미로를 채웠을 때
또다시 들려오는 미련한 발소리

'터벅 터벅'

여전히 타들어 가는 폭죽이
여백을 채우고
주변에 어둠이 내렸을 때
복도를 비추던 불꽃은
내 곁을 떠나간다

깜깜한 주변
점점 빨라지는 발소리

한순간의 정적…
비명이 울려 퍼지자
다급해진 마음은
앞만 보고 뛰쳐나간다

그때 눈 깜짝할 사이
어둠이 내린 복도
붉은 눈을 뜬 귀신

얼굴을 덮친다

희비가 교차하는 밤
비명을 지르는 준우
이곳이 진짜 게임 속이 아닐까

간신히 잡던 마음
유리 파편이 되어 날아갈 때
우리의 기쁨과 희열은
미친 듯 솟구친다

공포 게임의 묘미
오늘 밤 누군가는
살얼음 길에 자빠진다

기숙사 퇴사

단풍

길을 걷는다
벚꽃 내음이 나를 스치는
조금 쌀쌀한 아침햇살이
드리우는 그 길

이것은 벌인가 상인가
분명 내가 받은 것은 벌

이라기엔 풍경이 너무 예쁘잖아
길게 늘어선 벚꽃나무는
하나같이 분홍색으로 물들어
나를 끌어당기는 듯하다

스터디카페에서 밤을 새운 탓에
졸려 죽을 것 같은데
이상하게 힘들지가 않다
이건 아무래도 상인 듯하다

이 풍경을 이틀이나 더 볼 수 있다니
이틀이나 더

학교 끝나고
기숙사로 돌아가는
아이들의 뒷모습을 바라본다

신난 어린 참새처럼
쫑알쫑알
기숙사로 향하는 뒷모습

평소 같으면 나도 그사이에 껴있겠지,
다시 스터디카페로 돌아간다
아, 자고 싶다

이걸 이틀이나 더 해야 한다니
이틀이나 더
아아, 이건 벌이 맞구나

독립

은하

앞니가 흔들린다
내 눈동자도 흔들린다

사과 한 조각은 고통을 불렀고
내 혓바닥은 고통을 즐긴다

집에 가는 길이지만
치과에 가는 길처럼 느껴진다

집에서 기다리고 있으면
퇴근하는 아빠와 함께
나의 차례가 돌아온다

진료대는 아빠 무릎이고요
진료 도구는 실 한 가닥입니다

눈동자가 다시 흔들린다
앞니처럼

실 한 가닥이 무서워
진료를 포기한다

아직 뽑히지 못한 앞니와 함께
이부자리에 눕는다

하지만 앞니는 독립을 원한다
앞니의 독립을 위해
오른손 검지와 엄지를 빌려준다

잡는다
뽑힌다
뚝

잇몸 끊기는 소리
마침내 독립에 성공한 앞니

엄마에게 자랑하고
상상 속 이빨 요정에게도 자랑하고
멀리 떨어진
저 앞니에게도 자랑해본다

독립했구나
날 떠났구나

그래도 내 마음속에는

계속 기억되겠지

앞으로의 독립도
잘 보낼 수 있을 것 같다

밥상

창문

눈을 떴다
온 집안이 고요해 입꼬리가 씰룩,
올라간다

주방에는
매미 소리 쩌렁쩌렁
토마토 줄기 냄새 어질어질
기름 냄새 살랑살랑

열심히 차린 밥상에는 인스턴트 뿐이지만
나는 만족한 듯 씨익 웃으며 입에 밥을 욱여넣는
다

유쾌한 영화

은슬

태양마저 녹아내릴
한가로운 주말 오후

옥상의 손님들이
슬그머니 말을 건다

"구ㅡ, 구ㅡ"

수다 소리에
소리친다

"시끄러워, 조용히 좀 해! "

"……"
손님들은 하는 말을 멈췄다

옥상에는 초등학교 교실이 있는 걸까
조용해진 것도 잠시

"구구ㅡ, 구구국, 구ㅡ"

붉은 노을,
산뜻한 바람,
폭신한 구름,
조용한 거리가

창문을 캔버스 삼아
물감을 바를 때

손님들의 말소리와
소리치는 소리가
상영하는

한 편의 유쾌한 영화

늘어나는 발자국

소월

한 아이가 멈춰섰다
이끌어주던 이가 보이지 않아

혼자가 된 아이는
벤치에 앉아
하염없이 기다린다
기다리고 기다린다

지쳐버린 아이는
서서히
두려움에 잡아먹힌다
세상이 온통 어두워진다
비가 한 방울 두 방울 떨어져
아이의 눈에 맺힌다

익숙하면서도 낯선 공간
혼자 남겨지고 싶지 않아
아이는 다시 일어선다

함께 걸었던 길을 기억한다
나무

횡단보도
가로등
모든 기억들이 지표가 되어
어두운 길을 밝힌다

홀로 여행을 떠난다
한 발짝 두 발짝
발자국 위에
새로운 자국이 덧씌워진다

그렇게 아이의 세상은 넓어진다

청춘열차

후지

소양강 한 아름 눈에 담으며
나누는 영양가 없는 잡담

차게 감싸오는
청춘열차의
파란 냄새
적막

청량리역에는
갈 곳 잃은 애틋함과
향수가 솟구칩니다

마음의 감정이
한껏 절정에 다다른 까닭일까요

승객의 웅성거림은
오히려
고요함을 선사합니다

마음속 비관은
청춘열차의 속도를 따라오지 못하고

이곳에서
내리고 맙니다

용기

동그라미

둥글게 말아 앉은
작은 우리 집 식구

꽤 힘에 부치는지
요샌 인사도 대충,
대충

작고 약한 몸에 흐르는 시간이
너무 빠르고 거센 바람에

작고 약한 몸이 살아가는 세상이
너무 크고 거친 바람에,

마음이 좋지 않아
자리를 뜰 때까지
한참을 바라봤다

그날은
너무 쓰고 얼얼해서
입가에 남은 쓸쓸함이 무섭더라

어떤 순간은 너무 행복해서
오래 머물고 싶은데

해가 저물고 날이 시작되어도
오래 머물고 싶은데

아무래도 시간이 시샘하는지
아니면 보내줄 용기가 없는지
세상이 빠르게 돈다

여름, 기차

이재아

여름이 기차 안으로 스며들 때,
나는 후련함을 느낀다

기차에서 내리는 소리와 흔들림
창밖으로 흐르는 풍경과 녹음의 향기

이 모든 것은 나를 편안하게
불안을 조금씩 가라앉힌다

펼쳐진 미래는 분명하지 않다고
끊임없는 선택과 결정이 나를 부추긴다

뜨거운 햇볕에 타오르는 감정은
아련한 그림자 속에 희미해져 간다

실수와 어리석음은
늦어버린 후회의 소용돌이에 휩싸여
아직 남아 있는 시험지의 문항들이
미련한 그림자처럼 따라다닌다

하지만 여름의 기차는 멈추지 않고,

나아가고 있다 목적지를 향해
멀지만 매 순간
아파하며 나아가고 있다

자전거

유월

세 발도 네 발도 아닌
두 발

등에서 손까지 내려오는 땀
입 안에서 삼키는 한숨

리듬 타듯 빨라지는 심장박동
들뜬 듯 빛나는 눈

용기 내는 게 얼마나 두려운지
전장에 나서는 기사처럼
마음을 다잡고

갓 태어난 기린같이
위태롭게 비청비청

털썩―

사이좋은 형제처럼
상처가 한 줄, 두 줄
내 무릎도 한 줄, 두 줄

그럼에도 홀로 서서
별을 헤던 사람같이

넘어져도 다시 일어나
물 흐르듯
물 흐르듯이

"아빠, 손 놓지마!"

끝끝내
얼음을 바람으로 녹여내듯
시원한 향기를 맡으며
두근거리는 마음을 달린다

적수의 깃발을 하늘 높이 들어
환호하는 기사처럼
힘차게 페달을 밟는다

김 가루 탐정

미상

시험 하루 앞둔 날
필통 속
케이스 안
부러진 샤프심

용수철 달린 조수
미스터 샤프는 내게 묻는다
누가 부러트린 거야?

범인은 누구일까
누가 악심을 품고
필통의 아가리를 벌렸을까

아 모이가 필요했나 보군
참새라면 그럴 수도 있지

참새도 밥 위에
김 가루 고명 뿌려
군것질 좀 할 수 있는 건데

대신 내 샤프심은

난쟁이 김 가루
단서가 된다

내일이 오기까지
남은 건 단 하루

단서의 행렬에
몰래 따라붙어

참새 쫓는 나는
김 가루 탐정

주먹만 한 털뭉치

경계라곤 찾아볼 수 없는 녀석
집에 도둑이 들이닥쳐도 반길 녀석

우리에게 올 때도
호기심 가득한 눈으로 좋다고 이리저리 쫄래쫄래

쪼그마한 주제에
어찌 커다란 이불보다 따듯한지
부드러운 햇살에 말려 따듯한 향기가 나는 이불
같은 녀석

주먹만 하던 것이
끌어안기도 버거울 만큼 커지고 날카로워진 녀석
이지만

그래도, 그래도
시간이 흘러도 변하지 않은 건
늘 사랑스럽다는 것!

3부

조용하고 소란스러운

여행을 가다

이공공

겨울이 지나기 전
여행을 떠났다

하늘 아래 보이는 건물들
두 손에 다 잡힐 듯
조그마한 솜사탕 같은
구름들

기차를 타고 나아간다
창밖의 풍경은
초록빛을 띄운다

인도를 채운 사람들과
건물 사이 불빛들
번쩍이는 도시

닿을 수 없을 것 같던 풍경이
눈앞에 생생히 존재하고 있다

충분한 시간

솔

"얼마나 찾아다닌 줄 아니?"
"계속 걱정 했어"

귀에 꽂히는 부모님의 말
심장이 내려앉기에 충분했다

정리되지 않은 혼란스러움
눈물이 나오기에 충분했다

정적 속 흐느낌은 감정을
다시 생각하기에 충분했다

방안에서 흐르던 축축한 시간은

무엇을 잘못했는지
죄책감을 배우기에 충분했다

학원 끝나고

아소

차가운 버스 정류장
두 고양이
달리는 버스 잽싸게 사냥한다

뜨겁고 냄새나고
소란스러운 버스
괴로움의 비명

더워서 야옹
좁아서 야옹

수많은 사냥감 지나쳐보니
두 고양이 이제 놓아줘야 한다

일어나라 야옹
나가자 야옹

어둠을 가르고 나아가는
두 고양이
비틀비틀 위태롭게 걸어간다

두 손에 검은색 피를 묻히고
승리의 환호 소리

힘들어 야옹
기뻐서 야옹

수많은 눈빛 지나쳐보니
두 고양이 이제 헤어져야 한다

잘 가라 야옹
또 보지 말자 야옹

다음날,
두 고양이는 다시 만났다

기숙사

필연

열정을 죄다 쏟아붓고
터덜터덜 도착한
9:31 4015호

철문을 열고
사다리 밟고 올라간
2층 잠자리
폭삭 늙은 것처럼
허리를 눕힌다

근육 하나하나
힘을 풀고
짜증 나는 일
하나하나 잊어버리고
익숙한 휴게소로 도망간다

구독하고 좋아요도 눌러뒀던
익숙한 맛의 휴게소를
열심히 즐겨둔다
소등시간 전까지

지금은 느긋하게 쉬어둔다
내일도 다음 목적지까지
열심히 달리기 위해

복면가왕

오수아

학교에서 가장 큰 동그라미
전교생 모두 모인 운동회
관객들 앞에 서서
가면으로 감추고
나를 감추고

익숙한 반주 소리에
모두가 동그라미

움직이는 목소리에 막힌 생각
느리게 흐르는 시야
멈추지 않는 시간
들려오는 나의 심장 고동

굳은 몸과는 달리
익숙한 듯 나오는 노랫소리
여러 조각으로 흩어진
두려움의 발자취

생각에서 멀어져
눈앞에 보이는

희미한 추억

반짝거리는 햇살의 눈빛
공간을 가득 채운 환호 소리

누군가 나를 부르고 나는
가면을 벗었다

어느새 색이 짙어진
찬란한 공연은 끝나있었다

학원 째는 날

서령

책가방 메고
여행을 떠난다

복잡한 마음으로 한 걸음,
두 걸음

관광지보다
주변 길거리를

유명 레스토랑보다
근처 음식점을

점점 사그라지는 해

천천히 집으로
발걸음을 돌린다

날 항상 반겨주던
거실이 오늘은
유독 새카맸다

아, 여행은 이제
끝

한 그림이 있다

카노

한 번 보았다
"우와 잘 그린다"
두 번 보았다
"나도 이렇게 할 수 있을까"
세 번 보았다
"나는 왜…"

계속해서 보았다
볼 때마다 다른 감정이 보인다

그림의 주인은
어리다 나보다
하지만
성숙하다
더 많은 걸 한다

근데 말야 이제는
이런 것들만 보여
나에 대한 비판
그런 것들

조용하고 소란스러운

우동

너무나 소란스러운 하루의 끝
차가운 이불 속
어제보다 조용하고
어제보다 소란스러운 시간

옅은 바람 소리
조용한 풍경
흐릿한 시계 소리
먹먹한 내일의 생각
하루 중 가장 소란스러운 시간

내가 할 수 있는 건
더 어두운 이불 속으로
들어가는 것

나오면 밝아질 테니
내일 아침이면 다 잊을 거야

초

이은지

작은 향초가 있다
작은 향초에 불을 붙인다
작은 향초가 타들어 간다

불꽃이 시선을 태우며 타오른다
아무것도 없던 허공에
강렬한 색을 남기며
가련하고 정갈하게

작은 불꽃이 일렁인다
작은 불꽃이 사그라든다
작은 불꽃은 고요하다

촛농만 남은 자리
연기가 피어오른다
푸르게 흩어지는
눈에 남은 그을음

타들어간 심지와,
나만을 남긴 채

출가묘

호양

어딨어?

애타는 마음만
무엇이 마음에 안 들었니
무엇이 문제야

수많은 질문 품에 안고
주말을 걷고

또
걷는다

아무 일 없다는 듯 돌아온 너
집밥을 아주 맛있게 먹더라

나를 위한 집
나를 위한 담요
나를 위한 밥

그렇게 말했다
야옹 소리를 알아들을 수 있었던가

너만 오면 얘가 사라지네
얼핏 들리는
엄마의 한마디

아
아
아
나의 주말은
텅 빈 밥그릇과 함께

허망함으로

알고 있어

소한

열등감이 유쾌한 감정이 아님을 안다
그로 인한 우울이 얼마나 한심하고 꼴사나워 보
이는지 안다
그렇지만
나쁘다고 생각하지 않는다
그게 나의 철학

아아, 불공평한 세상!
어찌 이리도 비참함이 넘칠까

욕심은 인간의 본능
이기심은 인간의 본성
그렇다면
나는 지독히도 인간인가 보다

그들 앞에서 나를 채워가는
형용할 수 없는 상실감
메스꺼운 불쾌감

친구를 질투하는 못난 아이
부러움을 단지 그것으로

받아들이지 못하는 아이
나쁜 습관인 걸 알고 있다
고치고 싶은 의사는 없다

매일 나의 부정적인 감정과 싸워나가자
그것은 성장의 한 폭
난 반드시 저들보다 대단한 사람이 될 것이다
이것은 나의 신념

5시 22분

해월림

공간을 가득 채운
시계 소리들

방 안의 바다가
기어코 파도로 뒤덮여버린다

파도가 이끈 시간
바다가 삼킨 시계

홀로 남은
고장난 시계

애써 초침을
들어보지만

이내 힘없이
가라앉는다

잠

은서

세상에는 하고 싶은 게 많고
해야 하는 것도 많아
우선순위 정하기가 중요하다

바람이 일면
세상은 어두워지고

도망치고 싶어
잠시 눈을 감을까

어둠을 물러내는 것은
온전히 직접 해야 할 일

상실된 마음을 되살리어
하나, 둘
세상을 환하게 밝히자

기적

가인

가슴속에 물이 가득 차
눈으로 넘쳐흘렀다

점토처럼 굳어가는 너를 보는
슬픔의 물
왜 더욱 잘해주지 못했을까
후회의 물
다시는 보지 못한다는
그리움의 물

무지개를 건너는 너에게
손을 뻗어 보았지만
공기만 닿았다

점점 멀어지는 너에게
"행복아!" 물대포를 쏘았다

그제야 너는
반기며 나에게로 달려왔다

물 젖은 점토처럼 말랑해지는 너를 보며
가슴속은 기쁨의 물로 다시 차올랐다

그대, 내일은 무엇이 되시렵니까

이하빈

어느 날은 '라일락이 되겠다'
제 정원에 한가득
보라색으로 채워두었습니다

어느 날은 '고니가 되겠다'
하루 종일 벤치에 앉아
푸른 호수를 찬찬히 바라보았습니다
그대, 내일은 무엇이 되시렵니까

어느 날은 '하늘에 맡기겠다'
그렇게 떠나실까
무엇이 되어 오시려나 싶어
제 방에 온 세상 빼곡히 옮겨 심고
사각 이름표 하나씩 꽂아 놓아볼까 합니다
빛이 나도록 빠짐없이 닦겠습니다

단 하나를 사랑하기 위해
세상 모든 것을 가꾸렵니다

초연

도란

꼬깃꼬깃
잔뜩 해진 모서리
여백 없이 가득 찬 주의사항

한 장
한 장
쌓아 올린 발판 위에 서
먼지 냄새 한껏 들이마시니

여기가 대본 속 그곳인가요
향긋한 봄 내음 풍겨오네요

웃음소리에 고개 돌리자
비로소 보이는
나를 향한 빛줄기
따뜻하고 동그란 햇살

마지막 박수 멎으면
돌아가야지 그들에게로
지금의 나는 모르는
나를 가지고

바람의 마음

지로

외로이 남겨진 바람 소리
귀에 익어
매일 눈을 뜨고
그늘진 바닥을 딛는다

스쳐 가는 시간에
제 몸을 맡긴 채
맥없이 흘러간다

9시, 어둠뿐인 아침
빛을 담은 공기
코끝을 감싼다

제 홀로 식어가다
다시 불타올라
내 마음을 비춘다

발밑 따뜻한 빛이 어려온다
가슴 속 진동을 느끼며

나 또한 살아가고 있었다
그런 생각이 드는 아침

4부

뒷걸음치지 않았다

나는 오늘

나는 오늘 시계
앞으로 가고 있는 줄 알았는데
빙글빙글 돌고 있었다

나는 오늘 달
아침마다 자러 갔었다
밤에만 일하고 싶었다

나는 오늘 유성펜
선을 잘못 그었다
지울 수 없었다

나는 오늘 만두
내 안에 많은 것들이 가득했다
좋은 것이든 나쁜 것이든
속이 꽉 차 터져버렸다

나는 오늘 어항
가득 차버린 물이
흘러내리지 않도록
조심조심 걸어야했다

나는 오늘 미세먼지
눈에 보이지 않지만
최악

나는 오늘 넘실대는 파도
물기를 모래사장에
덜어내는 중이다
아직 한참 남았다

나는 오늘 지우개
내 위에 쓰인 불안을
하나하나 지워내고 싶었다

나는 오늘 보온병
힘겹게 모아온 따뜻함을
전부 끌어안았다

나는 오늘 너의 귀
네가 하는 말을 듣는다
어떤 것을 쏟아내도
다 들어줄게

나는 오늘 바다
내가 품었던

깊은 곳에서부터
계속 꿈틀거렸다

나는 오늘 마림바
아무렇게나 두드려도
맑은 소리가 나왔다

나는 오늘 엄마 딸
아무 이유 없이
안기고 싶었다

나는 오늘 연기
네가 타오르는 바람에
한참을 떠다녔다

나는 오늘 창문
너와 나의 온도가 달라
하얀 서리가 꼈다

나는 오늘 몽당연필
겉보기론 못쓸 것 같아도
잡아보면 다르다니까

나는 오늘 썰물

너는 오늘 밀물
네가 있기 이전
나는 없었다

나는 오늘 헬륨가스
잡아 내리려 해보아도
자꾸만 마음이
두둥실 떠올랐다

나는 오늘 종이컵
무언가 계속 담기고 담겨
어느새 물러져 있었다

나는 오늘 지렁이
바닥을
기어 다니고 싶다

나는 오늘 거북이
변함없이 느렸다
그저 평화로웠다

나는 오늘 여백
빽빽한 글씨들과는
여전히 동떨어져 있었다

나는 오늘 달팽이
느릿느릿 아무것도 하지 않았다
집에서도 방에서도 나가지 않았다
눈 아래 달팽이가 지나간
길이 생겼다

나는 오늘 물음표
무엇을 해야할지
어떻게 써야할지
도무지 모르겠다

나는 오늘 일기장
네게 있었던 일을 말해주면
하나하나
마음에 적었다

나는 오늘 점장님
꼰대 매니저에게
소리를 지르고 싶었다

나는 오늘 돌멩이
그저 가만히 있는 게
도움이 되는 것 같았다

나는 오늘 토마토
거꾸로 해도 토마토
앞과 뒤가 똑같기를 바랬다

나는 오늘 색연필
뾰족한 심이 닳았다
알록달록 종이는 아름다웠다

나는 오늘 시계
뒷걸음질 치지 않았다

5부

너는 웃는다

육십육 개의 단어로 된 사전

바다
지구의 땀
춤추는 우주 / 길

인연
처음 알을 깨고 나온 아기 새는
나무를 엄마라고 부른다 / 초록

물음표
항상 떠돌다 답이 필요한 문장 옆에 붙어
필요를 솎아낸다 / 밤송이

손목,
곧 부러질 듯 위태로운
막막한 내 미래
조금이라도 나아가려고
날 지탱해줄 존재를 찾는다 / 유경

목표
계속 유지시켜주는 휘발유
하지만 매연 냄새가 지독하다 / 미파

사교육
딸기에 농약을 뿌려 벌레 없이 잘 자란다
어, 그런데 농약이 안 씻기네? / 미파

감정
배 위의 마음대로 움직이지 않는 방향키
해소되지 않는 멀미 / 최유나

숨
평생의 에너지를 쏟는 나만의 연설
죽기 전까지 세상에 쏟을
유일한 저항 / 동그라미

연필
하늘을 한없이 나는 새
주변은 맑기만 하다 / 아무생

집
언제나 돌아갈 안락한 어머니의 품
모든 정신이 돌아갈
언제까지고 남을 우주 / 동그라미

웃음
병원 가서 진찰 받으면
의사도 함께 걸려버리는
아주 무시무시한 병이라네 / 이조차

꿈,
끝없이 펼쳐진 우주에서
우리가 가야 할 길을 표시한 실타래 / 늘봄

빙하
오랜 세월을 품은 차가움에 시간이 녹아 마른 땅
을 적신다 / 김지아

겨울
하늘이 부끄러워 하얀 이불을 덮다 / 승현

라디오,
주파수 너머의 그대
오늘은 안녕하신가요? / 지존물고기

시
출구가 없지만
출구가 가득한 미로에서
즐겁게 헤매고 있다 / 사효섭

여름
반으로 쪼갠 레몬이 나를 감싸고 푸른 줄기들이
나를 덮치네 / 사효섭

꿈
아플 걸 알면서도
아프지 않기 위해 걷는 길 / 소한

여행
나를 들고 나가
외딴곳에 집어 던진다 / 이재아

달
너의 강렬한 빛에 눈 부셔 가려진 나의 밝음
네가 사라져야만
비로소 내가 빛날 수 있어 / 김지아

꿈
길을 잃고 이리저리 헤맬 때
우리를 이끄는 이정표
살아있는 한, 영원토록 지속될 등불 / 온새

낮잠
속눈썹에 햇살이 내려앉는다
자꾸만 무겁게 내려앉으면
아득히 손을 흔든다 / 3:15

울음
청개구리 같아
그칠 줄 모르니
숨이 다하길 기다려야지 / 이조차

사람
외로운 잔
그 속이 채워지기를 하염없이 기다리는 / 다빈

사랑
가득찬 물잔 그 위로 떨어져
결국 넘쳐버리게 하는 것 / 다빈

사고
뜻밖에 만남
뜻밖에 사랑
내 잔 속에 뛰어든 너 또한 / 다빈

네잎클로버
깊은 숲속 조용히 잠들어 있는
푸른 노래 / 유월

가족
차디찬 겨울
식어가는 벽난로 속에 다시 장작을 던진다 / 죠

꿈
누군가에게 희망을 심어주고
좋은 친구가 되지만
누군가에게 절망을 심어주는
나쁜 친구 / 청화

기억
연필과 지우개로
오늘마다 적어나가는 나의 수기
가끔 연필인 줄 알고 볼펜을 집기도 한다 / 소한

외길
끝을 알기에
아무것도 모르는
행복 가득한 외로운 여정 / 도란

성장
보이지 않는 계단
보이지 않지만
뒤돌아보면 높이 올라와 있다 / 한가인

사진
이 네모난 세상을
당신과 함께 보고 싶었습니다 / 은서

노래
유리잔을 던져 부수고
인내를 또 한 번 두른다
완벽한 첫발은 없다 / 오수아

달
홍수가 삼켜버린 사막,
그 사이에서 조용히 피어나는 꽃 / 해월림

이름
저녁이 넘어갈 때 열리는 입
뒤돌아보는 나
나를 세상에 달라붙게 만드는
투명한 스티커 / 이하빈

여름
심장박동이 빨라진다
몸에서 흐른 것은
슬프지 않은 눈물 / 연수

열
발바닥을 간지럽히는
사랑의 감정 / 지로

정의
태양을 삼키고 울컥이는 바다
꺼진 잿빛 구름 속에서도
요동칠 한 줌의 태양 / 동그라미

바나나 라떼
우울한 내 위에 있는 너
너는 웃는다 / 호양

손, 새로운 세계의 창조,
혹은 파괴 / 서리

별
지그시 보다 보면
많은 것들을 알게 된다 / 해월

여유
조각난 잿빛 어둠에서 피어난
무지개 한 송이 / 지로

바다
찢겨진 종이와 부서진 유리 위로 걸음을 옮긴다
무뎌져 가는 감각 / 해월림

이어폰,
울렁거리는 세상 속
꼬마가 나무 옷장으로 숨는다 / 후지

배고픔
내 안에서 일어나는
세상에서 가장 작은 전쟁 / 김린

개조
분명 여름이었는데
어느 순간 겨울이 되어버렸다 / 카노

거울
너머에 무엇이든 있을 것만 같은,
누구도 갖지 못하는 꿈 / 이은지

삶,
여러 색 물감이 모여 합쳐진
형형색색의 팔레트 / 이온제

물
어디를 들어가도 자기 자리처럼
쏙 들어맞는 게
부럽다 / 해월

긴장
유리컵에 얼음이 퐁당,
옆구리에서 물방울이 흘러내린다 / 은하

우울
머릿속이 들어차는 안개
몸에는 보이지 않는 족쇄가 채워진다 / 연수

펜
상상하는 대로 변하는 가장 흔한 선
연필일 수도, 물감일 수도 /소월

낙엽
가을의 여명이 나를 밝힐 때
기다렸다는 듯 목을 분지른다 / 이재아

여백
어디로 가야 할지 모르는 미지의 사막
즐거운 두려움 / 단풍

손바닥
이루 말할 수 없이 어려운 것
받든다는 건 사람이 할 수 있는
최대의 손실이자 사랑 / 미상

손등
네 개의 혹이 난 귀로
등져서 거쳐 가는 언덕길 / 미상

사랑
맞추어지지 않은 퍼즐을
한 조각 한 조각 맞추는 것 / 극야

분노
김피탕에 섞은 민트 초코 / 해적

자전거
여름에 출발해
하늘로 날아가는 단풍잎 만나 후퇴한다
땅속에 묻혀있는 벚꽃
겨울에 멈춘다 / 고라파닭

바람
열심히 달려가다 쾅!
부딪혀 넘어졌지만
다시 달려가 / 아소

꿈
자고 일어나 어젯밤 만났던 어른 한 명
뒤꽁무니 열심히 따라가면
어젯밤 보았던 어른 한 명, 나 / 필연

노력
고요한 밤 누군가 흘린
뜨거운 피와 땀과 눈물 / 은슬

꽃
내 마음을 전하기엔 최적의 그릇
아닌 사람도 있겠지만 / 우동

손톱
쓰면 쓸수록 자라난다
거친 사람의 손에는 이만한 훈장이 없다 / 미상

기억
연필과 지우개로 오늘마다 적어나가는 나의 수기
가끔 연필인 줄 알고 볼펜을 집기도 한다 / 소한

왼손을 쥐고

김병현
(문학 교사)

"왼손바닥을 펴보세요. '시'라고 쓰인 글자가
보이나요? 시는 멀리 있는 게 아니에요. 우린 모
두 시를 쥐고 태어났는지도 몰라요."

학기 초 아이들에게 하는 말이다. 시와 조금 더
친해졌으면 하는 바람이다. 2023년 1학기는 온통
시만 배운 시간이었다. 우리는 문학이란 무엇일까
정의를 내렸고, 「선택의 가능성」(쉼보르스카)을
리라이팅하며 자신이 좋아하는 것을 소개했다. 학
교 구석구석을 사진 찍으며 낯설게 보기를 익혔
고, 제목과 작가를 지우고 시 자체를 감상했다. 시
집 삼백여 권을 늘어놓고 짝꿍에게 어울리는 시를

찾고, 선생님에게 선물할 시 엽서를 만들었다. 자신의 경험을 닮은 시를 찾아 시 경험 에세이를 썼고, 친구의 사연을 함께 고민하며 시로 처방전을 내려주었다. 시집 제목들을 엮어 한 편의 시를 만들었고, 건물과 건물을 잇는 다리마다 시가 흐르게 꾸몄다.

'하고 싶은 수업을 마음껏 했다' 라는 어떤 선생님의 책날개에 쓰인 선언이 사무치게 부러운 적이 있었다. 나도 우리 아이들과 하고 싶은 수업을 마음껏 하고 싶었고, 그 순간들을 이 시집에 옹기종기 모았다.

말로는 다하지 못하는 아이들의 세계를 시를 통해 본다. 어떤 고민과 생각을 하는지, 어떤 꿈을 가지고 있는지, 어떤 삶을 사랑하는지 짧은 시에다 담겨 있다.

서로의 얼굴을 보며
짓는 웃음이
푸른 맛을 내며
입안에서 톡톡 터졌고
                    ─「오늘의 날씨는」, 3:15 부분

열여덟 청춘은 얼굴만 봐도 웃는다. 웃음도 푸른색이어서 푸른 맛으로 입안에서 터진다. 이렇듯

일상을 포착하고 그것의 소중함을 아는 아이들에
게 소중한 학창 시절을 알차게 보내라는 잔소리는
필요 없을 듯하다.

　　날 반기는 너희한테
　　피곤함이 숨을 시도조차 하지 않고 드러난다
　　　　　　　　　　　　－「기숙사」, 유경 부분

　　철문을 열고
　　사다리 밟고 올라간
　　2층 잠자리

　　　　　　　　　　　　－「기숙사」, 필연 부분

　우리 학교 학생은 전부 기숙사 생활을 한다. 침대
와 옷장으로 꽉 차는 좁은 방에서 하루의 반 이상
을 보내야 한다. 한 방에 두, 세 명씩 생활하는 기
숙사는 한번 들어가면 건물 밖으로 나올 수 없다.
답답한 방 안은 그럼에도 아이들의 휴식처다. 열
정을 쏟아붓고 돌아온 기숙사에는 지친 아이들이
지친 친구를 위로한다. 꿈을 꾸기 위해 올라가는
2층 침대는 꿈을 이루기 위해 오르는 발판으로도
읽힌다. 이런 기숙사에서 어찌 된 일인지 퇴사를
당한 아이도 있다.

이것은 벌인가 상인가
분명 내가 받은 것은 벌

이라기엔 풍경이 너무 예쁘잖아
길게 늘어선 벚꽃나무는
하나같이 분홍색으로 물들어
나를 끌어당기는 듯하다
　　　　　　　　　　－「기숙사 퇴사」, 단풍 부분

어쩌면 학창 시절 유일한 통학 경험을 한다. 학교 오는 길이 새롭다. 아이들은 풍경을 느끼며 순간에 집중할 줄 아는 것이다. 주말마다 기차를 타고 집으로 돌아가는 아이들의 모습을 보자.

여름이 기차 안으로 스며들 때,
나는 후련함을 느낀다
　　　　　　　　　　－「여름, 기차」, 이재아 부분

마음속 비관은
청춘열차의 속도를 따라오지 못하고
이곳에서
내리고 맙니다
　　　　　　　　　　－「청춘열차」, 후지 부분

열차 밖으로 보이는 풍경에서 계절을 느낀다. 주말마다 춘천으로 돌아오는 열차의 이름은 하필 청춘열차다. 열차의 속도는 마치 청춘 같아 비관 따위 따라붙지 못한다. 하지만 청춘 또한 그렇게 금방 가버리고 만다는 걸 아이는 알까?

꿈을 노래한 작품들도 새롭다. 공상의 세계를 무한히 펼칠 수 있는 '꿈'은 이름처럼 중의적이다. 밤마다 만나지만 미래에도 이룰 수 있을지 두렵기만 하다.

> 그 끝엔 사랑도 없고
> 죽음도 없고
> 결말도 없는 이야기
>
> — 「꿈」, 길 부분

> 꿈이란 무엇인가
> 누군가에게는 달콤하고
> 누군가에게는 씁쓸한 것
>
> 나에게 꿈은
> 빛이 들지 않는 골목길
> 뿌연 가로등은

망가져 버렸다

　　　　　　－「달콤한 유혹」, 극야 부분

꿈은 달콤하지만 초콜릿처럼 씁쓸하다. 가로등이
망가진 골목길에서 아이들은 방황하고 만다. 하지
만 이내 '함께 걸었던 길을 기억'하고 '홀로
여행을 떠'나 '그렇게 아이의 세상은 넓어진
다'(「늘어나는 발자국」, 소월)

사랑하는 대상에 대한 애틋함도 엿보인다. 인간은
자기도 귀여우면서 더 귀여운 대상에게 쉽게 마음
을 내주는 존재여서 아이들은 동물을 사랑한다.
비둘기와 대화하기도 하고,

　옥상의 손님들이
　슬그머니 말을 건다

　"구ー, 구ー"

　수다 소리에
　소리친다

　"시끄러워, 조용히 좀 해!"
　　　　　　－「유쾌한 영화」, 은슬 부분

햇살의 향기를 느끼기도 하며,

　　어찌 커다란 이불보다 따듯한지
　　부드러운 햇살에 말려 따듯한 향기가 나는 이
불 같은 녀석
　　　　　　　　－「주먹만 한 털뭉치」, 해적 부분

달팽이가 좋아하는 것도 다 꿰고 있고,

　　채소를 좋아하는 것
　　찌르면 곧바로 얼굴을 숨기는 것
　　오래 목욕하면 꺼내 달라 보채는 것
　　　　　　　　－「집 나간 이들에게」, 죠 부분

기꺼이 낯선 새에게 자리를 내어주며,

　　이웃은 역시 이곳이라며 같은 순간, 같은 곳에
둥지를 만들었다

　　작년처럼 예고도 없이 이웃은 그 자리에 있었
고 우리는 이제 온전히 내어주기로 했다

　　새 이웃은 매년 봄마다 찾아오는 특별함이 되
었다
　　　　　　　　　－「새 이웃」, 초롬 부분

다가오는 이별을 회피하기보다 성숙하게 직면하려 용기를 내기도 한다.

작고 약한 몸에 흐르는 시간이
너무 빠르고 거센 바람에

작고 약한 몸이 살아가는 세상이
너무 크고 거친 바람에,

마음이 좋지 않아
자리를 뜰 때까지
한참을 바라봤다

(중략)

어떤 순간은 너무 행복해서
오래 머물고 싶은데

해가 저물고 날이 시작되어도
오래 머물고 싶은데

아무래도 시간이 시샘하는지
아니면 보내줄 용기가 없는지
세상이 빠르게 돈다

－「용기」, 동그라미 부분

여린 싹은 단단한 씨앗을 뚫고 세상으로 나온다. 단단한 씨앗에 부딪혔을 때 싹이 겪었을 고통을 아이들은 안다. 지금 자기가 겪는 고통과 불안이 성장하는 과정이라는 것을 놀랍게도 알고 있다. '그늘 아래 해바라기'는 '햇빛'을 못 봐 '나뭇잎 떨어뜨리며/ 점점 시들어' 가지만(「그늘 아래 해바라기」, 미파), '나비도 처음부터 나비인 적 없었다는 것을/ 한낱 애벌레였을 때가 있었다는 것을' 깨닫고 '개구리도 도약'할 수 있다고 선언한다. (「개구리의 도약」, 온새)

심어둔 씨앗에서 오렌지 새싹이 돋아나자 학생은 곧 새싹의 목소리를 듣는다. 갓 태어난 생명에게서 '너 또한 살아있다' 위로를 들을 줄 안다.

애, 두 종자에서
여섯 형제로 나뉜
나는

내 지반에 산소와
흐르는 물이 스미이는
순간에도
너보다

더 깊고

더 오래
자라날 것이니

네 손가락 마디보다
더 길게 뻗치어갈
내 줄기처럼,
너 또한 살아있으니
　　　－「토드닥닥 토드득닥닥」, 밤송이 부분

지난 스승의 날 선생님 두 분과 함께 운동장에서
버스킹을 했다. 발라드부터 신나는 노래까지 객석
의 아이들과 선생님이 모두 환호했다. 효섭이는
그때의 풍경을 이렇게 노래한다.

조금 뜨거운 태양
신선한 바람
그것은 여름이 왔다는 신호야

나무들의 노래에
새싹은 합창을 하고

운동장 꽃들도
바람에 몸을 맡기고 함께 춤을 추네

나무들의 노래는
꽃들에게 추억의 양분

우리가 꽃이 된다면 그땐 우리가
새싹에게 노래를 불러줄래

새싹이 계속해서
노래를 부른다면
꽃들의 축제는 끝나지 않겠지

나는 끝나지 않는 꽃들의 축제에
아직도 헤엄치고 있네

－「꽃들의 축제」, 사효섭

시를 읽는 사람과 그렇지 않은 사람이 보는 세상
은 다르다고 믿는다. 시를 쓰는 사람의 세상은 더
다를 것이다. 시를 쓰고자 하는 사람에게 시는 어
디에나 존재한다. 아이들 삶의 걸음마다 시를 발
견하길, 시가 가장 중요하지는 않을지라도 무척
소중한 것이길 소망한다. 시가 스며있는 왼손을
꼭 쥐고.